Löwenlieder

W A
dem Löwen

Rudolf Treumann

Löwenlieder

Die Deutsche Nationalbibliothek verzeichnet diese Publikation in der Deutschen Nationalbibliografie; detaillierte bibliografische Daten sind im Internet abrufbar über http://dnb.dnb.de.

Herstellung und Verlag:
BoD – Books on Demand, Norderstedt

*ISBN: 978-3-**7448-2079-0***

Der Name des Löwen

I

Emma heissen alle Möven,
doch warum sie Emma heissen
und nicht Sophie oder Lara,
das weiss keiner, den ich frage.

Sehn sie etwa aus wie Emma?
Nein, die Emma, die ich kenne,
sieht nicht aus wie eine Möve
(eher noch wie eine Henne,

was ich ihr jedoch nicht sage,
denn dann wird sie bitterböse
und gewiss nicht ohne Grund.
Sie ist nämlich eine nette,
wenn auch mal ein wenig rund).

Anders steht es um die Löwen,
weil die heissen alle Leo,
was bereits die Römer wussten
und in sauberem Latein
schrieben:

leo nomen leonis est.

II

Alle Löwen heissen Leo.
Solche mit den roten Mähnen,
die sich um die Köpfe kringeln
und die andern mit den Strähnen.

Hängen ihnen in die Stirn
Und verdunkeln ihre Augen.
Sie verdecken auch ihr Hirn.

Niemand weiss, sind sie nun klug
oder stehn sie auf Unfug?
Besser sehe man sich vor.

Abends hören wir sie gähnen
oder vor Behagen stöhnen.

Löwe Leo kennt sie alle,
trifft sie häufig in der Halle,
wenn er auf die S-Bahn wartet.

Lehnt sich an die kühle Säule
und geniesst die Löwenfäule
die ihn pünktlich übermannt,

wenn der Abend ihn umringelt
und der Hunger in ihm züngelt,
wenn er eine Löwin sichtet
und für sie ein Liedchen dichtet.

S-BAHN

III

Löwe Leo steht vor seiner schwarzen Tafel
und denkt nach, was er drauf schreiben soll.
Eine leere Tafel fordert ihn geradezu heraus.
Schrecklich schwarz und inhaltslos wie diese.

Kreide liegt bereit im Kreidekasten.
Leo braucht sich nicht danach zu bücken.
Leo nimmt in jede Pranke eins von diesen
feinen weissen Tafelkreidestücken

und vergnügt als erstes sich damit, seine
langen braunen Krallen weiss zu malen,
so wie es die feinen Damen tun. Doch die malen
sie sich braun und rot und grün und blau.

Leo Löwes Krallen sind von selber braun. Darum
denkt er, weiss sei richtig für den Unterschied.
Links zuerst und dann noch einmal rechts.
Gleich sind beide Pranken voller Kreidestaub.

Mit Verlaub, ich brauche keine Maniküre, denn
ich bin der Löwe Leo und kein Mannequin,
denkt er ärgerlich bei diesem Kinderspiel.
In die Pranken klatschen ist die Medizin dagegen.

Zwar steht Leo Löwe einen Augenblick in einer
Wolke Kreidestaub und muss die Luft anhalten.
Staub einatmen ist bestimmt nicht ungefährlich,
auch für Löwen nicht. Der Staub ist ungesund.

Selbst in der Savanne und der Wüste hat der Löwe Leo viel gehört von Staub und Raucherlunge. Doch ein Sandsturm ist viel schlimmer als das bisschen Kreidestaub im Fell, der ist die Hölle. Leo Löwe muss sich vor ihm hüten, sollte er, was unwahrscheinlich ist, doch einmal hinein geraten.

So, die Pranken sind jetzt kreidefrei und gelb, braun die Krallen, wie es sich gehört für Löwen. Leo klatscht noch einmal kräftig in die Pranken, einmal mit der rechten in die linke, mit der linken in die rechte. Er betrachtet sie von rechts, von links und dann noch einmal von links und rechts.

Leo ist zufrieden mit dem Resultat. Jetzt die Kreide hergenommen und noch rasch etwas geschrieben. Aber was? Nun ja, wenn einem sonst nichts einfällt auf die Schnelle, schreibt man seinen Namen. Was auch sollte es andres sein?

Später dann kann etwas Klügeres folgen, etwas von Bedeutung, ja vielleicht sogar für die Zeitung. Oder Professoren von der Universität. Und, wenn es sehr hoch kommt, die Regierung. Also beide Pranken angehoben und im Takt so gut es geht geschrieben, los!

Laut liest Leo Löwe: LEO OEL. Ausgezeichnet. Leo nämlich schreibt mit beiden Pranken. Das macht keinen Unterschied für ihn. Weder ist er Rechtsprank, noch ein Linksprank. Gottseidank.

Weil: ein Löwe muss mit beiden Pranken jagen,
ist doch klar? Und natürlich kann er auch
mit beiden Pranken schreiben. Gegenteiliges ist
unnatürlich, unbekannt und für Löwen ungebührlich.

Mit dem Lesen allerdings
wird es schwierig für die Leute, nicht für Löwen,
weil auch Bücher sie von beiden Seiten lesen, vorwärts,
rückwärts und von vorn und hinten. Kein Problem.

Bei den meisten Büchern ist es ohnehin egal,
ob sie nun von vorn gelesen werden oder hinten.
Das Ergebnis ist in jedem Fall dasselbe.
Nur sehr selten nicht, denkt Leo Löwe.

Klüger wird man meistens nicht, wenn man sie liest,
eher dümmer. Darum wäre es besser,
damit gleich von hinten zu beginnen.
Hat genug gelesen man,
sie zurückzustellen ins Regal,
wo sie dicht gedrängt als Art-Deco
sich ausgezeichnet machen.

Diesen Zweck erfüllen schon die inhaltlosen Einbände.
Leo bringt sie ins Bücherbrockenhaus schnurstracks.
Irgendeiner kann für wenig Geld sie sich dort holen,
wenn er nichts zu tun und gähnend Langeweile hat.

Jetzt tritt der Löwe Leo einen Schritt zurück,
um sein Werk aus der Entfernung zu betrachten.
Ausgezeichnet. Eine leere Tafel schwarz und tot
ist ein Schrecken. Aber wenn beschrieben,
fängt die Tafel unversehens an zu leben.

Der Löwe Leo hat sofort eine Idee, eine wunderbare, ungeahnte und originelle.

Ein Gedanke reiht sich an den andern ihm, festgehalten will er sein, notiert, geschrieben.

Leo springt vor Vergnügen in die Luft. Und dann macht er sich daran, sie aufzuschreiben.

IV

Der Löwe Leo ist herumgesprungen,
hat gebrüllt aus vollen Lungen,
hat sein Löwenlied gesungen
und gehorcht, wie es verklungen.

Löwe Leo schüttelt seine Mähne,
sperrt das Maul auf, zeigt die Zähne,
gähnt gewaltig tief im Rachen
und fängt fröhlich an zu lachen.

Freut sich über die Idee,
denn Ideen fallen nicht vom Himmel.
Erstens muss man etwas wissen.
Zweitens braucht man Fantasie.

Leo Löwe wird ein Buch draus machen,
kriegt sofort den Dichterfimmel,
lässt sich nieder auf ein Knie,
lässt sich von der Muse küssen.

Danach wischt er sich sein Maul.
Küssen, denkt der Löwe Leo,
Küssen macht die Löwen faul.

V

Dabei fällt dem Löwen Leo ein,
die Muse soll eine alte Dame sein.
So hat einer der von ihr Geküssten
sie gerade erst beschrieben, als des
Chefgott Zeus und der Göttin
Mnemosyne zarte Tochter.
Mnemosyne, Göttin der Erinnerung.
Ach, der Löwe Leo winkt gleich ab: die
Griechen brauchten dringend Götter,
Dinge zu benennen wie Erinnerung.
Solche Sachen sind dem Löwen Leo
heute selbstverständlich.
Doch welch schönes Bild: der Chefgott
Zeus umarmt die nebelsanfte Mnemosyne.
Muse, ihrer beiden Tochter, ist die Lust,
an den Dichter übergeben mit dem Kuss
und erinnert so in Ewigkeit daran.
Nicht, wie üblich in dem Fall, als schlimmer
Götterstreit mit allen seinen üblen Folgen.
Ihre wunderschöne sanfte Tochter Muse,
ein Gebilde luftig leicht und unberechenbar,
wird zur ewig jugendlichen Dame Muse,
die den Dichterlöwen heute noch,
dreitausend Jahre später küsst.
Alle Dichter hat sie überlebt und ist
noch immer wild auf jeden jungen neuen
Dichter, ihn zu küssen, feurig oder kühl,
ganz nach Belieben. Das, denkt Leo Löwe,
sollte Chefgott Zeus trotz Abdankung erfreuen.

VI

Musen, diese alten Damen, altern auch.
Leo Löwe ist sich dessen sicher, wenn nicht absolut,
so doch relativ gesehen. Ihren ersten Streit,
noch sehr jung, angeblich, kurz nach der Geburt,
hatte mit dem Philosophen Platon sie bereits,
was das zarte Wesen tief verletzte.
Danach hat sie in Athen und Rom
manchen Dichter und auch manche Dichterin geküsst,
ehe ein Jahrtausend lang sie schweigen musste.
Denn nachdem die Götter abgeschafft
waren und ersetzt durch ein Triumphirat von
Keuschheit, war die süsse Sinnlichkeit der
Poesie dahin. Nur noch Lobgesänge
sang man, nichts für unsre sinnesfreudige Muse.
Lyrik lebt vom Heidentum, nicht Religion.
Als das neu erblühte, kam auch sie zu neuen Ehren,
unsre lebensfrohe Muse. Doch, erstaunlich,
mystisch in der Rückbesinnung auf die alten Götter,
ungeachtet aller Aufklärung und Nüchternheit.
Leo Löwe nickt, selbst er, der Realist und
restlos aufgeklärte Löwe, der er ist,
denkt beim Dichten an die alte Muse,
die noch immer jung und frisch, ihm
einen Vers in seine Ohren flüstert.
Duftend wie die anziehendste gelbe Löwin
steht sie hinter ihm und zaust ihn zärtlich
in der Mähne. Und er neigt sein Ohr ihr zu,
zu hören, was sie ihm einhaucht,
womit in die Lyrik er eintaucht,
um es bloss nicht zu vergessen irgendwann,
sondern aufzuschreiben rasch in Eile und,
so schnell er kann.

Leo Löwes Lieder

I

Heute spielt der Löwe Elephant.
Nur hat er keinen langen Rüssel,
darum greift er nach dem Autoschlüssel
mit seiner großen Löwenhand.

Er schwenkt den Schlüssel hin und her
wie einen Baum und wiegt den Kopf, als denke er.
Besorgt betrachtet er die viel befahrene Strasse
und schnaubt nachdenklich durch die Löwennase.

Dann steigt er hinab in den Keller
Und malt ein HALT ! auf einen großen Teller.
Den hängt er draußen an den Gartenzaun,
wo sich die Autos sofort davor staun.

Nun parkt der Löwe vergnügt aus ungestört.
Die andern finden sein Verhalten unerhört!

Aber der Löwe winkt ihnen
mit seiner Pranke
zu aus dem offenen Autofenster
ein fröhliches: Danke!

II

Vom Autofahren hat der Löwe Leo längst genug.
Fast wäre ihm so ein Idiot hineingefahren.
Kommt um die Kurve angerast auf seiner Spur.
Und nur des Löwen Leo Geistesgegenwart verdankt er,
dass es diesmal noch glimpflich ablief.

Wahrscheinlich hat der Typ gerade sich
mit seinem Smartphone unterhalten.
Das lenkt ihn ab und ist darum verboten.

Doch kontrollieren lässt sich sowas nicht,
da müsste schon in jedem Auto
ein Polizist mitfahren oder eine Polizistin.

Verbote sind nur ein Appell
an die Vernunft. Und wo die fehlt,
nützt nichts. Nicht einmal Drohen oder Strafen.
Der Typ zahlt seine Busse und vergisst es.

Drum steigt der Löwe um und nimmt fortan den Zug.
Das Auto hat er abgemeldet, seinen Fahrausweis
zurückgegeben. Von nun an ist er frei.
Muss nicht mehr hinterm Steuer auf die Strasse stieren.

Ich hab den Vogel abgeschossen, ruft er fröhlich.
Jetzt kann mein Buch ich lesen, nachdenken oder
ganz einfach aus dem Fenster schauen und geniessen.
Von nun an ist die Landschaft wieder mein.

III

Der Löwe Leo fährt am liebsten mit der Bahn.
Hier steigt er ein, dort kommt er an.

Dazwischen kann der Löwe Leo lesen,
sich unterhalten oder dösen.

Er nimmt sich seinen i-Pod vor
und klemmt die Hörer in das Ohr,

kann ungestört Musik geniessen
und läßt seine Gedanken schießen.

Das schöne Land fliegt leicht vorüber,
den Löwen Leo packt das Reisefieber.

Rings türmen sich die Berge auf,
die Bäche stürzen in die Schluchten

und lange Güterzüge wuchten
die schweren Lasten talhinauf.

Der Löwe Leo sitzt vergnügt im Zuge.
Die Zeit vergeht ihm im Fluge.

Der Löwe Leo fährt so gerne Bahn,
fährt einfach los und kommt wo an.

Er sitzt im Abteil unverdrießt,
während das Land an ihm vorüber fliesst.

IV

Löwe Leo liebt das freie Leben,
morgens durch die Gegend streifen,
Regen riechen, Zweige greifen,
später still im Schatten liegen,
sich mit Wenigem begnügen.
Erst am Abend sich erheben
und sie strecken, seine Krallen,
wenn die langen Schatten fallen.
Ausgeruht nach Hause streben.

V

Der Löwe Leo will die Beeren sammeln,
bevor sie am Strauch vergammeln.
Auch die Kirschen will er pflücken,
braucht sich dafür nicht zu bücken.
Auf den Baum muß er nicht klettern,
reißt sie ab mitsamt den Blättern,
schleppt die Schüsseln in die Küche,
erntet dafür ein paar Flüche.
Und nun muß er sie entkernen,
muß die Blätter draus entfernen,
Zucker in die Beeren kippen,
muß die Schüssel kräftig wippen.
Danach übernimmt der Spezialist,
der im Kochen von Gelee erfahren ist.

Aber vorher darf der Löwe Leo
sich ein Schälchen Beeren füllen
und seinen Heisshunger auf die frischen,
kühlen, süssen, saftigen Beeren stillen.

VI

Der Löwe Leo liest ein neues Buch,
aber schon nach ein paar Seiten
hat er von dem Buch genug,
lässt es in die Tasche gleiten,
wirft es später in den Müll:
soll das lesen, wer es will.

Lieber sitzt der Löwe still
Und läßt die Gedanken schweifen.
Träumt von Zebras mit den Streifen,
von dem hohen Steppengras
in dem er die Zeit vergass,
von den Geiern und Hyänen.

Leo packt ein wildes Sehnen.
Eines Tages wird er reisen,
wälzen sich im Sand im heißen,
durch die weite Steppe rennen
unterm Affenbrotbaum pennen,
durch den dunklen Urwald schleichen,
Schlangen sehen, Affen streicheln,
Papageien kreischen hören,
Faultiere im Schlafe stören,
sich um nichts, rein gar nichts scheren
und zufrieden heimwärts kehren.

Der Löwe Leo liebt sie sehr,
die guten Bücher,
doch die vielen schlechten
sind ihm sämtlich rote Tücher.

VII

Der Löwe Leo wohnt nicht weit vom See,
fast könnte er sein Plätschern hören,
die Wellen an das Ufer schlagen,
das Segelflattern auf den Booten,
die draußen schräg im Winde liegen,
das Gischtgezische, wenn ein Surfer
mit seinem Brett die Wellen schneidet,

die Schwimmer, die sich gegenseitig
bespritzen oder untertauchen,
die Bälle auf dem Wasser hüpfen
und Kinder hoch vom Sprungturm springen
und dabei schreien vor Vergnügen.

Von dem Balkon, auf dem er steht,
sieht er die Luxusschiffe fahren
und winkt den vielen Leuten auf dem Deck,
die sich da drängen in der prallen Sonne,
mit beiden Pranken freundlich zu.

Dann heult die Schiffssirene los,
und abends schießen sie ein Feuerwerk,
mit viel Geknall und Rauch und Glitzer,
und alles staunt und schreit und ist zufrieden.

VIII

Der Löwe Leo reist recht viel herum,
eine Tagung jagt die andre.
Vortrag halten, Diskutieren,
freundliche Bemerkung machen
zu längst überholten Sachen,
Aggressionen überwinden,
keine Schwäche merken lassen,
Schwächere verteidigen,
niemanden beleidigen,
und doch bei der Sache bleiben.
Keine Regung übertreiben,
aber auch nicht untertreiben,
nicht verleugnen, was man kann,
und sich nicht nach vorne drängen.

Löwe Leo unterliegt den Zwängen,
die das Leben mit sich bringt.
Nichts zu machen, denkt er müde,
jeder ist dem ausgesetzt.
Klagen bringt nichts, sondern Handeln.

Recht behalten ist kein Ziel,
es geht immer um die Sachen,
und die muss man richtig machen.
Keinem schaden, allen nützen,
nur so geht die Welt voran.

IX

Leo Löwe wohnt oft im Hotel,
das ist auf Reisen unvermeidlich,
wenn es auch häufig ziemlich lästig ist.

Leo Löwe hat ein Zimmer sich bestellt,
ist spät abends eingetroffen,
als die Tür verschlossen ist.
Musste furchtbar lange warten,
bis sie ihm die Schlüssel brachten.
Holt sich noch ein Gläschen Wein
aus dem Kühlfach,
trinkt und schläft darüber ein.

Morgens gibt es Türenschmeißen,
Duscherauschen, Fahrstuhlsausen.
Leo Löwe dreht sich auf die Seite,
aber schlafen ist unmöglich.
Also steht auch er entschlossen
auf und wäscht sich seine Nase.
Danach Frühstück, nicht so übel,
und dann geht er auf die Strasse.

Für die Konferenz ist es zu früh.
Leo Löwe streicht, die Tasche
in der Achsel, durch die Strassen.
Leute hasten rasch vorbei,
ohne einen Blick für ihn,
hin zur Arbeit. Das macht Sinn.
Um die Ecke quietscht das Tram,
Endlos ist die Autokette.

An der Ecke bleibt er stehn,
lässt die Leute, den Verkehr
links und rechts vorübergleiten.

Welches Leben in der Frühe!
Löwe streicht sich seine Nase,
drückt die Tasche fest an sich,
schlägt den Mähnenkragen hoch.
Macht sich langsam auf den Weg.

Später in der Konferenz,
denkt er an die vielen Leute.
Fleissig tun sie ihre Arbeit,
und auch er schiebt keinen Lenz.

Leo Löwe hört mit Interesse zu,
welche Fortschritte in vielen Fächern
in den letzten Jahren man gemacht hat.
Aber ja, in seinem eignen Fach ist er
auf dem Laufenden, so soll es sein.

Seinen Horizont erweitern,
ist ein altbewährtes Mittel zur
Erhaltung seiner geistigen Flexibilität.
Ohne diese fehlen die Ideen.
Also konzentriert der Löwe sich,
auch wenn vieles sich nur wiederkäut.
Fleissig macht der Löwe sich Notizen,
die er, bald vielleicht, benutzen wird.

X

Leo Löwe fühlt sich heute schwach.
Hat den langen Tag gesessen,
diskutiert und zugehört,
sich auch dann noch nicht beschwert,
wenn die andern nichts zu sagen
haben und doch ständig reden,
so als reden sie zu Blöden.

Bin ich blöd, fragt sich der Löwe?
Dass ich mir das antun muss,
dauernd hören diesen Stuss,
den sie da so von sich geben?

Nein, bescheuert ist dies Streben,
Dominieren, Besserwissen.
Kommt am Ende nichts heraus.

Lieber geh ich ins Hotel
Und dort lese ich ein Buch,
und ein gutes selbstverständlich,
und das tu ich auf der Stelle.
Habe wirklich jetzt genug.

XI

Urplötzlich wird der Löwe Leo krank.
Er ist den Tag im Zug gesessen,
ist auf der Heimfahrt von der Konferenz.
Die hat wahrscheinlich ihn zu sehr genervt.
Er hat nicht viel, doch hat er gut gegessen,
beim netten Kurden um die Ecke schnell.
ein frisches Fladenbrot mit Falafel.

Der Kurde ist kein solcher Wichtigtuer,
wie die, mit denen er den Tag verbrachte.
Der Kurde ist hier fremd und muss sich fügen,
sonst schickt man ihn, woher er kommt, zurück.
Das wäre schlimm für ihn, dort wütet Krieg.

Und auf der Heimfahrt wird dem Löwen Leo übel,
auch weil er an die Wichtigtuer denkt,
von denen keiner über Spässe lacht.
Er schafft es gerade noch bis nach Hause,
danach ist Schluss. Die ganze Jause
verläßt sein Inneres retour.
Doch Fieber hat der Löwe nicht die Spur.

Er hat in letzter Zeit sich zu sehr angestrengt.
Er sollte einfach einmal länger schlafen.
Der Morgen wird wieder Ordnung schaffen.
Und aller Ärger wird verfliegen,
wenn Löwe Leo an den frischen
Morgenkaffee denkt.

XII

Dem Chef ist Leo Löwe heute ernstlich böse.
Der Chef veranstaltet ein schreckliches Getöse.
Leo Löwe muß sich schwer am Riemen reißen,
um nicht seinen Chef ins Bein zu beißen.

Ein echtes Ekel ist heute dieser Chef.
Den ganzen Morgen macht er ein Gekläff,
rennt herum und schmeißt voll Wut die Türen.

Leo Löwe sitzt gespannt auf seinen Vieren,
schließt die Augen und die Ohren
und träumt sich weg auf die fernen Azoren.
Dort an den heißen weißen Stränden
könnte er ungestört den Tag beenden,
ohne das Gebell seines Chefs zu vernehmen.
Er denkt: Der Chef sollte sich was schämen,
sich in meiner Gegenwart unbeherrscht zu benehmen!

Still packt der Löwe Leo seine Siebensachen
und will sich für heute aus dem Staube machen.

Aber plötzlich muß er so prustend lachen,
so von innen heraus und aus tiefstem Herzen.
Einfach lachen, so übermütig,
daß ihn seine Bauchmuskeln schmerzen.

Der Chef verstummt ganz erstaunt.
Auf einmal wirkt Leo Löwe richtig gut gelaunt.
Und da fängt auch der Chef an zu lachen.
Na gut, sagt er, dann wollen wir mal
einfach weitermachen.

XIII

Der Löwe Leo hat etwas studiert,
und dabei sich mächtig angestrengt,
auch sich köstlich amüsiert.

Denn was gibt es Schöneres,
als die komplizierte Welt,
zu verstehen,
weil sie einem dann
noch viel besser gefällt.

Anstrengend ist die Erfahrung, aber sie beglückt.
Leo Löwe empfiehlt sie uneingeschränkt.
Diejenigen, welche ein Leben lang lernen,
bereuen die aufgewendete Mühe nie.

Und, denkt Leo Löwe, sie leben doppelt:
das biologische Leben, welches besteht
aus Essen, Schlafen, Lieben. Daran gekoppelt
das bewusste Leben, das
aus dem Lernen hervorgeht.

Beide zusammen sind ein reiner Genuss,
den ich jedem dringend empfehlen muss.
Wer auf das bewusste Leben verzichtet,
dem ist nicht zu helfen.
Er ist, ganz einfach, borniert.
Leben nämlich verpflichtet.

XIV

Leo Löwe hat sehr selten schlechte Laune.
Sie haben in Amerika entdeckt,
dass, hat man schlechte Laune,
einem nichts mehr schmeckt.
Die schlechte Laune schliesst den Magen.
Man kann einfach nichts Gutes mehr vertragen.

Das, sagen sie, sei eine ausgezeichnete Methode,
auf rasche Art und Weise abzunehmen.
Viele leiden ja unter der schlanken Mode,
und schämen sich
für ihre paar kleinen Speckfalten.

Wer schlank sein will,
ist nun nicht mehr zu halten.
Er oder sie soll sich ganz einfach
in ihre übliche schlechte Laune vergraben.
Und schon werden Sie mit ihrem Gewicht
keine Probleme mehr haben.

Also das, sagt der Löwe, ist der Grund,
warum sie heute alle mit ihren
grimmigen Gesichtern herumlaufen.

Na, dann bin ich doch lieber fröhlich,
gut gelaunt und eben, was macht es schon
(passt übrigens gar nicht so übel zu einem Löwen),
ein ganz kleines bisschen rund.

XV

Der Löwe Leo lebt bewusst in seiner Zeit,
weil: er ist in sie hineingeboren.
In ihr, in seiner Zeit, da fühlt er sich zuhause.
Schliesslich kann er selbst nichts dafür,
gerade in dieser Zeit zu leben.

Leo Löwe ist bestimmt kein Banause,
der sich in seiner Zeit verloren
fühlt und statt heute
lieber lebt in der Vergangenheit.

Jede Zeit hat ihre schlechten,
aber auch ihre guten Seiten.
Löwe bekämpft die schlechten,
und für die guten tut er streiten.

Mit Worten natürlich, nicht mit Waffen,
die benutzen nur Laffen, die sich Menschen
nennen, aber von nichts etwas verstehen,
die geblieben sind Urwald-Affen.

Natürlich hat der Löwe ein Cell-phone,
und sein Tablet zum Tippen,
und mit dem Computer arbeitet er.
Das macht die Arbeit um soviel einfacher,
als sie früher einmal war.

Ohne Computer zu sein,
das wäre dem Löwen
unvorstellbar.

XVI

Der Löwe Leo fühlt sich langsam älter werden.
Mit dem Alter kommen die Beschwerden.
Die Gelenke knacken und die Sehnen zerren.
Löwe kann wie früher nicht das Maul aufsperren
mit einem kräftigen Ruck,
oder die Gazelle reissen,
denn die falschen Zähne,
eingesetzt vom Zahnarzt, der Hyäne,
vertragen beim Beissen
keinen Druck.

Ausserdem sind die falschen Zähne,
ob sie nun aus Porzellan sind oder Plastik,
für einen echten Löwen nun wirklich
kein akzeptabler Löwenschmuck.

Leo Löwe überlässt sich deshalb
keinen nostalgischen Gefühlen.
Die schaffen nur Unmut und Blähungen,
wenn sie in den Innereien herumwühlen.

Auch wenn ich älter werde, denkt Leo Löwe,
werde ich mich, dem Alter entsprechend fühlen,
das heisst: so, wie es das Alter erlaubt.

Dass ich nicht mehr rennen und springen kann,
werde ich ganz bestimmt nicht beklagen.
Auch die besten Sportler lassen,
meist schon in vergleichsweise jungen Jahren,
vergessen, wie leistungsfähig sie einmal waren
in ihren guten und siegreichen jungen Jahren.

XVII

Löwen werden nicht so alt wie Elefanten.
Leo Löwe fragt sich, woran mag das liegen?
Glaubt, weil Elefanten leichter Nahrung finden.
Schliesslich brauchen Elefanten nicht zu jagen,
sondern strecken die Rüssel aus und pflücken
Zweige oder Früchte von den Bäumen.
Elefanten leben halt im Paradies.
Davon kann ein Löwe nur träumen, denn
wo wachsen schon Gazellen auf den Bäumen?
Elefanten müssen sich nicht einmal bücken.
Löwen haben häufig einen leeren Magen,
sie leben ja auch nicht von Blättern oder Rinden,
müssen laufen, springen, bis sie etwas kriegen.
Drum sind satte Löwen
seltener als satte Elephanten
und noch viel seltener als nette reiche Tanten.

XVIII

Beim Winterwandern hat der Löwe Leo sich
das Knie verrenkt. Ist ausgerutscht auf
hartgefrorenem Schnee, ein Band gezerrt, die
Wadenmuskelfaser ist gerissen.
Er ist mit vielem Schmerz im Beine
heimgehinkt, massiert nun seine Wade,
das tut gut. Doch höchstwahrscheinlich wird
der Heilungsprozess ein paar Wochen dauern.
Das ruhige Liegen oder stille Sitzen
fällt Leo Löwe enorm schwer.

Der Löwe Leo braucht Bewegung,
wenn immer möglich, springt und läuft er.
Doch ihm bleibt nichts übrig, als Geduld,
Gymnastik, Strecken, Beugen,

ansonsten am Computer sitzen, schreiben
oder die Krallen am Klavier bewegen,
wenn täglich auch nur wenige Minuten.
Das hat der Arzt verordnet. Arnikaeinreibung.
Insgesamt, verdammt, droht Leo Löwe,
betreffend die Bewegung, eine
ausgedehnte Auszeit.

Ein Glück, es gibt die Tram und S-Bahn.
So muss der Löwe Leo nicht zuhause hocken.
Wie immer fährt er morgens ins Büro.
Er hinkt zum Tram, zur S-Bahn,
stützt sich auf das unverletzte Bein.

Nun, fragt der Chef, geht es dem Löwen besser?
Ja, wenn ich arbeite, sagt Leo Löwe,
geht es mir gut. Ich bin zufrieden.
Nichtstun entspräche nicht meiner Natur.
Auch meiner nicht, darin sind wir uns gleich.
Der Chef und Leo Löwe sind vom selben Schlage.

XIX

Nach ein paar Wochen ist der Löwe Leo wieder fit.
Das Knie ist in Ordnung, das Band stabil, der
Muskel geheilt, die Wade tut nicht mehr weh.
Leo Löwe läuft wieder wie sonst am Wochenende
in den Wald, um den See, in die Berge.
Den Rucksack auf dem Rücken,
darin den Skizzenblock, den Zeichenstift,
ein Buch zum Lesen. Auch unterwegs im Zuge
will ich, denkt er, den Geist bewegen.
Doch welches Buch? Die Auswahl ist nicht einfach.
Denn Unterhaltung braucht der Löwe Leo nicht.
Das wäre Zeitvergeudung. Und die Zeit ist das,
wovon am wenigsten wir haben, denkt Leo Löwe.
Also werde ich sie mit etwas Wichtigerem füllen.
Beim Wandern kann ich drüber nachdenken.
Er wählt sich etwas aus der Wissenschaft,
vom Universum und wie es entstand, dem Urknall,
seiner Expansion ins räumliche Unendliche,
von Schwarzen Löchern. Das ist schwere Kost,
nicht unverdaulich, aber zu verstehen schwierig.
Trotzdem, denkt Leo Löwe, ist es grosser Spass,
so viel wie möglich über die Welt zu erfahren,
so viel wie möglich über sie zu lernen.
Davon ist Leo Löwe überzeugt.

XX

Der Löwe Leo schaut des nachts nicht in die Sterne,
um sich an ihrem Anblick zu berauschen,
den vermeintlichen Sphärenklängen zu lauschen.

Dass es noch heute eine Menge Leute gibt,
die an die Macht der Sterne glauben,
träumen vom Besuch der Ausserirdischen,
darüber schüttelt Leo Löwe seine Mähne.

Der nächste Stern, um den – vielleicht –
erdähnliche Planeten kreisen,
ist vierzig Lichtjahre von uns entfernt.
Selbst mit Raketen würde man dorthin
nicht weniger (!) als zwanzigtausend Jahre reisen.
Wer glaubt, die Seele (weil unsterblich, sagt man)
lebt lang genug für eine solche Seelenüberfahrt,
der ist im Kopf nicht dicht, denkt Leo Löwe.
Er wischt sich eine Strähne aus der Stirn.

Solche Leute leben noch im tiefsten Mittelalter.
Folglich dürften all die Dinge sie, die mit unserm
Wissen von der Welt, erfunden, konstruiert, entwickelt
wurden, nicht benutzen. Leo Löwe fragt sich,
ob sie wohl zufrieden wären, müssten sie,
den Holzpflug durch die harte Erde zerren,
auf Eselrücken reiten oder barfuss laufen,
statt zu fliegen oder bequem
im Supermarkt einzukaufen?
Der Löwe Leo kann sich über diese Leute
nicht anders als die Mähne raufen.

XXI

Die Ignoranten sind nicht dicht im Kopf.
Sie können nichts dafür,
dass sie die Welt nicht sehen, wie sie ist:
real und nicht in mystischer Verklärung
oder alternativ als Jammertal, darin
sie schuldbeladen vegetieren.
Und irgendeiner soll sie draus erlösen.
Der Löwe Leo legt den Kopf in seine Pranken.

Das ist zum Heulen, sagt er. Aber zum Glück
gibt es auch viele vernünftige Leute.
Die lieben das Leben. Sie freuen sich dran,
informieren sich über die neuesten Erkenntnisse,
setzen sich tatkräftig ein für die Entwicklung
und die Erhaltung der Umwelt.
Sie sind meine besten Freunde.

XXII

Weil ich nun einmal dabei bin, denkt Leo Löwe,
sollte ich das Wichtigste von allem nennen.
Es gibt so Vieles in der Wissenschaft,
das aufzuzählen ganz unmöglich ist
und auch nicht nötig. Tagtäglich mit den
Tausend kleinen Dingen benutzen wirs,
die unser Leben füllen. Sie funktionieren,
das ist kein Problem. Warum, muss keiner
bis in die kleinste Einzelheit verstehen.
Die Einzelheiten sind für Spezialisten.

Das wirklich Wichtige ist Weltverständnis,
weil es bestimmt, wie jeder sich entscheidet, wenn
es um die grossen Fragen geht. Und darum liegt,
man wundert sich, der Schlüssel bei den Sternen.

Der Löwe Leo nickt: Genau. Die Sterne
haben keine Macht, und nichts, was sie betrifft,
ist mystisch. Alles ist Physik. Als Sterne
haben sie seit je uns fasziniert, geweckt die
Neugier darauf, was sie sind, woher sie kommen.
Sie haben zur Erkenntnis uns geführt,
dass alles aus dem gleichen Stoff besteht
und im gesamten Universum überall
den gleichen Regeln unterliegt, die wir
Naturgesetze nennen.
Das Grundprinzip, sagt Löwe Leo
sollte jeder kennen.

XXIII

Der Löwe Leo weiss, das Universum,
ist bereits sechzehn Milliarden Jahre alt.
Beobachtungen, Messungen, Vergleiche
Tausender Galaxien, bestehend jede aus
so um die zehn Milliarden Sternen, beweisen es.
Die Galaxien streben sämtlich auseinander,
das Universum expandiert. Als es entstand,
zum Zeitpunkt Null, war es sehr klein,
sehr heiss und höchst kompakt,
kompakter als das härteste Gestein.

Aus welchem Grunde es entstand, ist unbekannt.
Ein ungelöstes Rätsel, das vielleicht niemals gelöst wird.
Vermutlich ist das Universum auch das einzige nicht,
eins unter Tausenden, Milliarden, kurz von vielen,
darin die Kräfte so geartet sind, dass Galaxien, Sterne,
unsre Sonne, die Planeten, schliesslich Leben sich
entwickeln konnte. Wir. Auf diesem kleinen
unbedeutenden Planeten da
am Rande der Galaxis.

Das, denkt der Löwe Leo, ist das Wichtigste.
Wir sind so selten, wie nichts andres in der Welt,
und sollte es auch andre Lebewesen geben irgendwo.
Darum sind wir für sie, die Welt, verantwortlich.
Das zu beherzigen, sich danach zu verhalten
ist unsre ungeschriebene Pflicht.

XXIV

Der Löwe Leo bläst deswegen keine Trübsal.
Im Gegenteil, er fühlt sich stolz.
Wir sind die Herrscher hier, das heisst
wir sind die Diener der Vernunft,
die zu beherzigen wir haben.
Gleich schnürt er seinen Rucksack, nimmt den
Anorak, begibt sich fröhlich auf die
nächste Wanderung, das wunderschöne Land,
die wunderschöne Welt will er geniessen.
Nicht einen Augenblick will er verlieren
durch Trägheit, Faulheit, Ärger, Streit.
Weil er das alles weiss, kann ihn,
den Löwen Leo, nichts verdriessen.

Leo Löwe der Erfinder

I

Der Löwe Leo hat in schlaflosen Nachtstunden
sich sein eigenes Auto erfunden.
Dieses Auto ist nicht wie die andern,
denn mit diesem Auto
kann er durch die Wälder wandern,
kann den Duft der Laub und Nadelbäume riechen
kann durch enge Schluchten kriechen,
auf steile Felsen klettern,
ist darin nicht abgeschnitten von den Wettern.
Es stinkt nicht nach Öl oder Benzin.
Aber das beste an diesem Auto ist,
dass man den Kontakt
mit den Leuten nicht vermisst
und ihn auch nicht vergisst.
Dieses Auto schneidet den Kontakt
nicht einfach ab wie andre Autos,
in denen jeder ganz für sich allein
in seiner Büchse aus geformtem Blech
durch die Gegend rast und
nichts sieht als die graue Strasse
und andre Büchsen von derselben Sorte.
Auf Schritt und Tritt trifft Löwe Leo Leute,
begrüsst sie, wünscht ihnen ein Schönes Heute,
einen Guten Tag. Man schüttelt einander die Hände,
unterhält sich ein paar Minuten,
erfährt von neuen Wanderrouten,
und setzt am Ende
zufrieden seine Fahrt in diesem luftigen
Fahrzeug fort.

II

Der Löwe Leo hat für sich selbst ein
elektronisches Kompressionsbuch erfunden,
vorerst nur zum eigenen Gebrauch
(das Patentamt ist schon informiert).

Es besteht aus einem weissen Blatt,
Taschenbuchformat und federleicht,
knitterfrei und passt in jede Jackentasche.
Netzanschluss ist überflüssig. Es genügt, das
Blatt herauszuziehen aus der Hülle.

Leo Löwe tippt es mit dem Finger an.
Gleich erscheinen auf dem Blatt aus aller Welt
alte wie auch neue Bücher, übersetzt und
jedes in Sekundenschnelle komprimiert
auf das Dutzend Sätze, die darin
Sinn ergeben. Alles übrige entfällt
ersatzlos. Automatisch gestrichen.

Die erstaunliche Entdeckung ist: ob
lang, ob kurz, alle Bücher haben
nach der Kompression genau die gleiche Länge.
Fazit: Nur die dünnen sind das Lesen wert.

Leo Löwe liest pro Tag seither
so um zehn zwölf Bücher oder mehr.

III

Der Löwe Leo rauft sich seine Mähne.
Es wird Zeit, dass die Erfinder streiken.
Vielleicht sollte er selbst sofort damit beginnen.
Heute nämlich wird zuviel erfunden.
Lauter Überfluss. Wir haben ja schon alles,
was wir brauchen. Und nicht jeder
Furz verdient Verwirklichung.
Unter Tausend möglichen Ideen
auszuwählen jene, die
nicht nur machbar ist,
sondern auch nützlich, dazu sinnvoll,
darin liegt die ganze Schwierigkeit.
Schliesslich sind die neuen Bomben sinnlos,
wenn auch effektiver im Zerstören.
Wir beklagen doch schon ungezählte Hekatomben
auch in der allerjüngsten Vergangenheit.
Deswegen eine Krokodilsträne vergiessen,
ist Kosmetik, weiter nichts, und unanständig,
wenn man weiter Bomben baut.
Was benötigt wird, ist die Vernunftmaschine,
welche alle, die Verantwortlichen zuallererst,
auf die sanfte Weise zur Vernunft bringt.
Doch, wie man sie baut,
dazu fällt auch Leo Löwe momentan
nichts Praktikables ein. Er ist Ingenieur,
zuständig nur für technische Entwicklung,
nicht für die mentale Behandlung von
psychisch labilen Leuten.

IV

Der Löwe Leo sitzt mit einem Block Papier
auf den Knieen und schreibt langsam und sorgfältig
Formel für Formel untereinander,
Verschreiben darf er sich nicht.
Das nämlich hiesse, noch einmal beginnen.

Leo Löwe hat
eine neue Kraft erfunden, die
wenn eingeschaltet,
alle andern Kräfte kompensiert.
Doch dabei ist Vorsicht angesagt.
Denn die Schwerkraft sollte man nicht löschen,
sonst verschwänden alle flugs hinaus im Weltall.

Also darf sie nicht auf seiner Liste stehen.
Keine der fundamentalen Kräften überhaupt.
Nur die Kräfte, welche die Gefühle wecken,
Hass und Liebe, Neid und Unmut, Wut und Ärger,
Ungeduld und maches andre noch,
stehen an zum Annullieren.

Der Löwe Leo, wie er fertig ist mit seinen Formeln,
geht hinaus zum Testen auf die Strasse.
Gerade streiten sich da zwei ganz schrecklich.
Leo Löwe schaltet rasch die neue Kraft ein.
Einen Augenblick darauf,
reichen die beiden sich die Hand,
grüssen und gehn freundschaftlich auseinander.

Da schau, sagt Leo Löwe, was meine Kraft vermag.
Das ist mal eine nützliche Erfindung.

V

Leo Löwe ist nicht eingebildet
auf sein Wissen, er ist auch nicht arrogant,
wenn er sich mit Fremden unterhält.
Aber Dummheit stört ihn mehr als alles andre,
Dummheit ist die Wurzel allen Übels,
weil sie sich so leicht verführen lässt.

Darum hat er lange nachgedacht und im Geist
viele Gedankenexperimente gemacht.
Ideen haben, ist nicht schwierig, denn Ideen
schwirren jedem zahllos durch den Kopf.
Von denen taugen nur diejenigen etwas,
die in ihrer positiven Wirkung überprüft sind.

Endlich hat der Löwe Leo etwas gefunden,
dessen Wirkung er in der Realität noch testen muss.
Ein Antistupidum, wie er es nennt.
Er wird es an die Pharmafirmen geben.
Die stellen ein Pille her, man nimmt sie ein,
bevor man sich entscheiden muss für eine Sache.

Gleich hat man einen klaren Kopf,
sieht alle Konsequenzen ausgebreitet vor sich,
kann, wie erforderlich, sich für das Richtige entscheiden.
Seither macht niemand, nimmt er nur die Pille,
mehr etwas falsch. Der Löwe Leo ist
mit sich und der Erfindung höchst zufrieden.

Doch zeigt das Antistupidum nur Wirkung,
nimmt man es wirklich ein, und dann für den Moment.
Die vielen Dummen sträuben sich dagegen.
Das ist der bittre Wermutstropfen für den Löwen.

Leo Löwe und die Trampeltiere

I

Frau Trampeltier muß früh um sieben
gleich nach dem Aufstehn Trampeln üben.
Sie legt die Hackenschuhe an
und tanzt darin, was sie grad kann.

Frau Trampeltier glaubt fest, sie schwebt,
wie sie mit Schwung die Beine hebt.
Ihr Mann bleibt faul im Bette liegen
und grunzt und hat dran sein Vergnügen.

Der Löwe Leo sitzt beim Müeslimampfen
und hört auf dem Parkett sie stampfen.
Genüsslich zählt er: Eins-Zwei-Drei,
Eins-Zwei-Drei-Vier und Eins-Zwei-Drei.

II

Frau Trampeltier hat heute verschlafen, wie dumm.
Aufgelöst jammernd stampft sie im Hause herum,
schmeißt Türen, Tassen, Taschen und andere Sachen.
Der Löwe Leo hört es unten in ihrer Wohnung krachen.
Mit klappernden Schuhen und zottigen Haaren
rennt sie hinaus. Die S-Bahn ist pünktlich abgefahren.
Frau Trampeltier quält sich ins Auto,
lässt den Motor an, rast aufheulend los.
Wut und Ärger ihres Chefs sind offenbar riesengross.
Wahrscheinlich wird ihr der Chef das Leder gerben.
Nachdenklich kehrt Herr Trampeltier daheim
zusammen die vielen Scherben.

III

Ist Frau Trampeltier gegangen
treppeab und fröhlich plappernd,
autoratternd, türenklappernd,
treibt den Löwen Leo das Verlangen
diesen Morgen zu genießen,
mit Musik ihn zu versüssen
eine kurze halbe Stunde.

Kräftig schlägt er das Klavier
mit den Pranken alle vier.
Zwei die Tasten, zwei das Pedal,
für den Hörer eine Qual.

Leo Löwe aber augenblicklich
macht das Spielen stolz und glücklich,
weil es ja nicht jederman
laut und leise wie er kann.

Leo Löwe läßt die Tasten rauschen,
hebt die Pranken, um zu lauschen,
horcht den Tönen hintennach,
legt die Pranken wieder auf
und spielt einen leichten Lauf.

Klingt nicht übel, nicht wie Kissin,
klar, weil ich ja kein pianistisches Genie bin.
Jetzt noch ein Präludium mit Fuge von Bach.
Leo Löwe fühlt sich richtig wohl danach.

IV

Trampeltiers sind heute fortgefahren.
Leo Löwe braucht sich ihretwegen nicht zu härmen,
kann nun unbesorgt auf dem Klaviere lärmen
und liegt sich mit ihnen nicht
wegen jedemTon in den Haaren.

Nun holt er all die dicken Partituren heraus
Und holt aus ihnen die volle Musik heraus.
Das wird ein richtiger Ohrenschmaus.
Die Nachbarn zollen ihm dafür Applaus.

Manchmal muß Leo Löwe sich eben ausleben.
Er kann nicht immer nur Ruhe geben,
sich fürchten davor, daß Frau Trampeltier
mit dem Besenstiel
an die Decke klopft, weil sie ihre Ruhe will.

Und wenn sie ihre fauligen Schlager hört,
dann fühlt Leo Löwe sich auch gestört,
nicht, weil er wie sie soviel Ruhe braucht,
sondern weil diese Musik überhaupt nichts taugt.

V

Leo Löwe sitzt vor dem Computer
und bestellt sich Löwenfutter,
und für die Frau Trampeltier
Oropax für sein Klavier,
dazu, statt für sich die gute Schokoladenbutter,
weil er nett sein will, für den Herrn Trampeltier
einen vollen Kasten Pilsener Bier.

VI

Frau Trampeltier hört Pop auf dem Balkon und raucht,
und der Löwe Leo fühlt sich wie ausgelaugt.
Doch um des lieben Friedens willen bleibt er still
Und erträgt alles beides, Rauch und Popgebrüll.

Und kommt es ganz schlimm, dann
zieht er Wanderschuhe und Anorak an
und geht dahin, wo es einsam ist,
fernab in die Berge, wo er unter Wanderern ist,

wo er freundlichen Leuten begegnet, die grüssen,
die ihn nicht kennen und ihn eigentlich
nicht grüssen müssen.
Der Löwe Leo nickt ihnen zu und wandert ein Stück,
und seine gute Laune kehrt wieder zurück.

VII

Frau Trampeltier ist heute parfumiert,
weil sie ansonsten sich vor anderen geniert.
In ihren feinen Kreisen dürfen Damen
Nicht nach sich selber riechen. Amen!
Doch das Parfum, das sie gebraucht,
riecht schlimmer als das, was sie raucht,
nach Mottenpulver vermischt mit Schimmel.
Auf jeden Fall, es stinkt zum Himmel.

Dem Löwen Leo beisst es in der Löwennasen
und bringt ihn augenblicks zum Rasen.
Im Zorn hat er den Flacon zertrümmert.
Frau Trampeltier ist tief bekümmert.

VIII

Gleich wird der Löwe Leo wieder sanft.
Frau Trampeltier macht sich's auf dem Balkon bequem.
Sie raucht. Das Handy schrillt. Sie schwatzt ins Telefon.
Sie trällert.
Herr Trampeltier gibt seinen Kommentar dazu.
Er lacht, auch ohne Grund. Ganz einfach so.

Doch die Gelegenheit ist gut und kommt nicht wieder.
Der Löwe Leo beugt sich über das Balkongeländer
und ruft: Entschuldigung für heute morgen.
Ich hoffe sehr, Sie sind mir nicht mehr böse?
Und ja, natürlich, den Flacon ersetze ich Ihnen.

Das ist sehr nett, ruft hoch erfreut Frau Trampeltier,
und auch Herr Trampeltier nickt freundlich.
Zwar macht er ein Gesicht wie ein Kamel,
doch das entspricht durchaus seiner Natur.

Noch einen schönen Abend, ruft der Löwe Leo
und ist zufrieden, weil auch diese leidige Geschichte
mit einer kleinen Überwindung seinerseits
zu einem guten Ende er gebracht hat.

Man kann mit Nachbarn nur im Guten leben,
sagt er und lehnt erleichtert sich zurück.

IX

Der Löwe Leo fasst sich kurz im Reden,
trifft auf der Treppe die Frau Trampeltier,
spricht mit ihr drei Worte oder vier
und eilt davon. Vermeidet so die öden

Gespräche mit den einfallslosen Nachbarinnen.
Die stehn am Spielplatz mit missvergnügten
auf ihre Busen herunter hängenden Kinnen,
und schlagen auf die arme Zeit, die sich nicht wehrt,
solange los, bis sie verendet wie ein gestürztes Pferd.

Als hätten sie unendlich viel Zeit zu verschenken.
Sie merken nicht, wie ihre Zeit verrinnt
und mit der Zeit ihr Leben.

Der Löwe Leo denkt, es sollte für Mütter
Schulen und Prüfungen geben,
damit sie lernen, an die Kinder und nicht
an die Mode zu denken.

X

Der Löwe Leo versucht ein Gedicht,
doch gelingen will es nicht.
Endlich mit viel Prankenhieben
hat er etwas aufgeschrieben.

Mit dem Kopf dazu genickt
und den Rhythmus reingeflickt.
Der Löwe Leo spricht es sich laut vor,
spitzt dazu kritisch das Ohr.

Unten bei den Trampeltieren
hören sie den Löwen Leo deklamieren,
um am Ende wild zu klatschen
in die breiten Trampelpatschen.

Ein Lord Byron oder gar ein Shakespeare!
ruft bewundernd die Frau Trampeltier:
Einfach genial und unvergesslich!
Der Löwe Leo dankt und lehnt sich betont lässig
über das Balkongeländer.

Er geht los und kauft ihr einen Blumenständer.
Und natürlich kriegt Herr Trampeltier
einen vollen Kasten diesmal Bayerisch Bier.

Aber so richtig glücklich wird der Löwe Leo nicht
mit seinem Gedicht.
Ich bin kein richtiger Dichter, denkt er sich,
ich bin nur ein einfacher Reimer.
Trampeltiers meinen es bestimmt gut mit mir.
Sie sagen es mir nur nicht ins Gesicht,
dass es nichts taugt, mein Gedicht.
Und gerade deswegen bleiben sie für mich
unaufrichtige Schleimer.

XI

Als der Löwe Leo morgens aus dem Hause geht
und die Bahn erwischen will, schon reichlich spät,
fühlt von hinten er sich beobachtet.

Ach, es ist nur die Frau Trampeltier, die ebenfalls
aus dem Haus stürzt Kopf über Hals
und den Löwen überhaupt nicht beachtet.
Sie braust im Auto an ihm vorüber,
winkt nicht einmal, das ist ihm auch so lieber,
weil der Löwe Leo ein Gespräch am Morgen vermeidet
und damit nicht seine gute Zeit vergeudet.

Gern hängt er am Morgen den Gedanken nach
und bereitet sich vor auf den neuen Tag.
Nun, so winkt er ihr noch hinterher
und fühlt sich gleich so fröhlich wie im
Frühling ein ausgeschlafener Bär.

XII

Heute war bei Trampeltiers was los.
Der Löwe Leo hört Herrn Trampeltier
Lauthals irgendetwas brüllen.
Auch Frau Trampeltier schreit in den höchsten Tönen,
nicht gerade angenehmen schönen,

denn bei Stimme ist Frau Trampeltier
noch nie gewesen, denkt Leo Löwe,
hält die Pranken vor die Ohren,
weil das dämpft die hohen schrillen Töne.

Nur das aufgebrachte Stampfen der Frau Trampeltier
dringt zu ihm nach oben durch die Decke.
Die Frau Trampeltier wiegt nicht gerade wenig,
Leo Löwe würde sie auf dem Parkett beim Tanzen
sonst so laut nicht trampeln hören.

Gut, dass Leo Löwe oben wohnt,
unter Trampeltiers, da würde es ihn stören.
Aber dort ist nur der Keller
Wo sie lagern, viele Kästen Bier
für den durstigen Herrn Trampeltier.
Dass er heute brüllt liegt wohl am reichlichen Konsum
von einem ausgiebigen starken Bierquantum.

XIII

Später ist es wieder still.
Leo Löwe geht noch nachmittags spazieren,
sieht die Leute ihre kleinen Löwen, pardon, Hunde
an der Leine ausführen.
Leo Löwe ist kein grosser Freund von Hunden,
ziehn sie doch beständig ihre Runden
um den Löwen Leo, wenn er läuft und meditiert.

Doch wenn er die Zähne zeigt, die großen,
flüchten sie sofort und ungeniert.

Hunde, denkt er, haben keine Manieren.
Würden ihre Dämchen und Herrchen nicht
sorgsam einsammeln, was sie hinterlassen,
nun, als wohlerzogener Löwe müsste man
in solchem Fall die Stadt verlassen.

XIV

Leo Löwe ist dann heimgekommen.
Kein Gebrüll hat er vernommen.
Aber die Frau Trampeltier
Ist mit aufgelösten Haaren
Aus der Tür herausgefahren.

Hat ihn angeblafft:
Geht's gut? Machs gut!
Und davon war sie.

Hat ihn einfach stehen lassen.
Klar! Hat er ihr nachgerufen.
Mir geht's gut.
Und dir?
Machs gleichfalls gut!

Das hat sie nicht mehr gehört,
weil kein Auto vollgas lautlos fährt.

XV

Der Löwe Leo hat Frau Trampeltier seither
nicht mehr zu Gesicht bekommen.
Herr Trampeltier geht jetzt allein
jeden Morgen aus und abends wieder ein.

Neulich vor dem Hause auf den Stufen
Traf der Löwe Leo ihn. Wie geht's?
fragt Leo Löwe freundlich ihn wie stets.
Aus der Tür lugt eine fremde Frau.
Schlägt die Tür gleich wieder zu.
Leo Löwe tut, als sähe er ungenau.

Der Herr Trampeltier schaut ihn von oben herab an,
Macht sich grösser als er ist und bläht sich auf.
Schränkt die Arme vor der Brust
und zieht die Stirne kraus.
Gut geht's mir. Sie sehen's ja.
Keiner ist so gut wie ich.
Ich bin nämlich
ganz einfach besser.
Ich bin nämlich
seit heute Professer!

Dazu nickt er wichtig.
So ist es goldrichtig.
So muss es sein, betont er,
weil, ich bin einfach viel besser,
ich nämlich bin tüchtig.

Morgen schon werde ich das Haus verlassen.
Habe gleich ein eigenes mir gekauft.
Weiter oben in den vornehmeren Strassen.
Lebt sich angenehmer unter meinesgleichen
bei den Reichen.

Gratuliere, sagt der Löwe Leo und neigt den Kopf.
Gute Professoren, die sind heute rar,
und genau die brauchen wir, fürwahr!

Denn wo bleibt die Bildung, wenn man sie nicht hat,
wo die Forschung, wo der Forschritt.

Schön für Sie, Herr Trampeltier,
und auch schön für die Frau Trampeltier.
Allen denkbaren Erfolg, das wünsche ich Ihnen.

Auf Wiedersehn, Herr Trampeltier.
Vielleicht treffen wir uns mal bei einem Bier,
reden miteinander über Gott und alle Welt, oder sehn
uns einmal beim Spazierengehn?

XVI

Der Löwe Leo ist seither
keinem von den Trampeltieren mehr begegnet.
Die Frau Trampeltier ist irgendwohin fortgezogen.
Der Herr Trampeltier mit seiner neuen Freundin auch.
Hat sich nicht verabschiedet vom Löwen Leo.
Hielt es, scheint dem Löwen, nicht für nötig,
freundlich ihm auf Wiedersehn zu wünschen.

Eines Tages fuhr der Möbelwagen vor,
Packer räumten aus und räumten ein,
später kam ein Putzkommando,
machte sich zu schaffen in der leeren Wohnung.
Dann war Stille. Kein Getrampel, kein Geschrei,
keine Lärmmusik, kein Rauchgequalme,
kein gegrilltes Steak auf der Terrasse,
dessen Duft dem Löwen in die Nase steigt,
auch kein Bierglasscheppern. Stille.

Heute wohnt dort eine Ausländerfamilie mit Kind,
die den Löwen Leo, wenn sie ihm begegnen,
freundlich grüssen.
Dass Klavier er spielt, geniessen
sie, und meinens sicher ehrlich. Leo Löwe
fühlt sich wohl dabei, ganz ausserordentlich,
greift, so Lust er hat, gewaltig in die Tasten.

Den Professor Trampeltier sah Leo Löwe
neulich erstmalig im Fernsehn,
wo er etwas Wichtiges,
die Backen mächtig aufgebläht,
und im Sessel stolz zurückgelehnt behauptete.

Löwe Leo fand es reichlich abgehoben
von der Wirklichkeit,
wohl verpackt in lauter
lärmig klingend leere Worte.

XVII

Seither legt der Löwe Leo sich
keine Bremse an beim Üben.
Hat sich eine halbe Stunde jeden Tag
den Hanon für seine Krallenübung
vorgenommen. Langsam werden sie gelenkig,
seine Pranken mit den braunen Krallen.

Ja, für Löwenpranken ist Klavierspiel
eine sehr besondre Angelegenheit.
Unter all den Leuten, die der Löwe Leo kennt,
sind nur wenige, die sich darein vertiefen.
Hände mit zehn Finger wären ideal dafür geschaffen.

Doch die meisten Leute nutzen nur
die beiden Daumen für ihr Smartphone.

Und das nennen sie auch noch sozial,
wo sozial doch etwas andres ist als
Smartphonetippen oder schwatzen.
Leo Löwe schüttelt unwillig die Mähne.

XVIII

Neulich, sagt der Löwe Leo, in der S-Bahn
sass ein alter Mann mir gegenüber.
Alt, das heisst ein paar Jahrzehnte älter als ich bin,
und auch ich hab meine Jugend hinter mir
seit ein paar Jahren. Also, dieser alte Mann
machte nicht den Eindruck, dass er glücklich wäre,
auch nicht unglücklich, vielleicht,
er war irgendwie bedrückt und unwohl, nein,
nicht krank, er fühlte sich ganz einfach unwohl.

Ich dagegen, war zufrieden mit mir selbst,
hatte wie gewöhnlich in der Pranke
mein Notizheft mit dem harten Deckel,
in den Krallen meinen Zeichenstift.
Gleich fiel mir ein neues Verschen ein,
das ich rasch notieren musste.

Wie ich schrieb, kam Leben in den alten Mann.
Er lächelte, beugte sich vor und sagte leise,
hielt dabei den Finger an die Lippen.
Lange habe ich niemand mehr im Zuge
in ein Heft schreiben gesehen. Heute tippen alle
wie verrückt in ihre Smartphones ein,
jeder ganz für sich. Oder sie telefonieren.
Das Verhalten und die Medien nennen es sozial.
Ich verstehe etwas anderes darunter.
Und er wies mit einem Nicken in die Runde.

Sie wissen gar nicht, sagte er,
wie glücklich Sie mich
mit Ihrem Schreiben machen.

XIX

Manchmal denkt der Löwe Leo ein klein wenig
wehmütig zurück an all die lange Zeit
mit den lauten Trampeltieren in der
unteren Wohnung. Als Frau Trampeltier
noch unbeschwert am Morgen
in den Hackenschuhen tanzen übte,
dass die Wände wackelten, die Scheiben klirrten
und Herr Trampeltier im Bett sich
wälzte, vor Vergnügen grunzend
und noch kein Professor war, der sich
vor aller Welt gebärdet als der Klugheit
letzter Hort, die er nicht nur mit Löffeln,
sondern Schaufeln in sich eingefressen hätte.

War das keine schöne Zeit? Sie war es,
ganz gewiss. Trampeltiers und Löwe Leo
waren jung und unbeschwert.
Leo unterhielt sich mit Frau Trampeltier
über dies und das ein paar Minuten,
wenn sie zwischen Tür und Angel
aufeinander trafen. Oder winkten sich durchs
Autofenster zu. Und Herr Trampeltier trank
immer mal und gern ein Bier, das
der Löwe Leo in die Hand ihm drückte.
Auch den Beifall für sein Spiel, das
damals noch recht unbeholfen klang,
genoss der Löwe Leo sichtlich.

Leider geht die Zeit, was einesteils ja traurig ist,
unerbittlich über alles hin. Nichts kehrt zurück.
Damit leben wir, denkt Leo Löwe, und das ist auch gut.
Weil nicht alles ist erinnerswert.

XX

Der Löwe Leo versteht sich mit den neuen Mietern gut.
Ausländer sind sie, sie kommt aus Italien, er aus
Irland, und die kleine Tochter spricht bereits
akzentfrei beide Sprachen mit den Eltern.

Dem Löwen Leo macht es Freude zuzuhören
vom Balkon, wenn sie da draussen grillen
auf den Steinen und die Kinder auf dem Rasen
spielen. Seinen Schatten wirft der grosse Baum
in der Sommersonne, Leo Löwe streckt im Liegestuhl
die müden Beine aus und macht ein Nickerchen,

nicht länger als ein Viertelstündchen in der Sonne.
Dann steht er auf und stapft zurück ins Zimmer,
nimmt sich den Block und macht ein paar Notizen.
Weil es heut Sonntag ist, verzichtet er aufs Üben. Die
Leute ringsum brauchen auch mal Ruhe und Erholung.

Ich fühle mich richtig wohl in der Gesellschaft,
denkt Leo Löwe. Familie Trampeltier
traure ich nicht mehr nach. Sie waren nett zu mir
soweit, ich klage nicht. Auch mein Klavierspiel
haben sie ertragen. Doch hat es Streit gegeben,
mehr als einmal nur. Und dann die Wichtigtuerei.

Dessen war ich inzwischen überdrüssig. Ich dachte
schon ans Umziehen, fort in eine andre Gegend.
Der Wunsch ist seither Makulatur. Denn nirgendwo
Hab ichs so gut wie hier und weiss ja nicht,
in welche Kreise ich geriete anderswo. Löwenhasser
gibts überall, seit Urzeit schon. Bleib wo du bist, das ist
in diesem Fall der beste Rat, den ich mir gebe.

XXI

Des Löwen Leo Nachbarn nebenan
sind plötzlich fortgezogen.
Mit ihnen hatte Leo Löwe selten nur Kontakt.
Doch durchaus nicht aus Mangel an Sympathie.
Sie gingen morgens früh und kamen abends spät,
wie es so ist, wenn man verantwortliche Arbeit tut.

Jetzt sind sie fort, doch haben sie sich nett
von Leo Löwe vor dem grossen Tag
verabschiedet. Es war so angenehm mit Ihnen,
sagten sie und drückten ihm die Pranke.
Auch wenn wir uns selten sahen, haben wir
ihr Klavierspiel als ausserordentlich empfunden.
Wir haben eine Wohnung uns gekauft,
nicht weit von hier, doch werden wir wahrscheinlich
von nun an uns noch seltener begegnen.
Drum Ihnen alles Gute und allen denkbaren Erfolg
in Ihrem Tun, dem Dichten, dem Klavierspiel
und allem andern auch, was Ihnen Freude macht,
der Arbeit wie dem Wandern.

Der Löwe Leo hat sich sehr bedankt
Und diesen netten Leuten gleichfalls Glück
mit auf den Weg gewünscht.
Dann sind sie abgefahren. Leo Löwe
war ein wenig traurig, doch nicht lange,
denn kurz darauf zogen die neuen Nachbarn ein,
ein junges Paar aus Asien, die Leo Löwe
vom ersten Anblick gleich sympathisch waren.

XXII

Der Löwe Leo lud die neuen Nachbarn zu sich ein,
mit ihm auf dem Balkon ein Gläschen Wein zu trinken
auf ihren Einzug und die gute Nachbarschaft.
Man sass und redete von aller Welt und vom Beruf,
von Politik und Kunst und dem was jeden so bewegt.
Nicht immer sind das angenehme Dinge.
Es war ein netter Abend, und seither
sind sie sich immer freundlich zugetan gewesen.

Das ist nun ein Jahr her, und Leo Löwe
hat sich gewöhnt an ihre Existenz
und sie sich an sein Deklamieren und das Üben.
Man sieht sich selten, der Beruf
nimmt Leo Löwe und die Nachbarn
voll in Anspruch.

XXIII

Gestern traf er die Frau Nachbarin.
Man spricht Englisch, wie es sich gehört.

Ach, sagte die Nachbarin, es tut mir leid,
denn wir müssen wieder fort, wir ziehen aus und um,
bereits in einem Monat. Oh, warum?
fragt Leo Löwe, nach so kurzer Zeit bereits.
Wir kennen uns ja kaum, gefällt es Ihnen nicht
hier in Europa?

Mein Mann verliert die Stelle an der Universität.
Sein Anstellungsvertrag wird nicht verlängert werden.
Das Geld für Forschung ist zu knapp bemessen.
Die Aufenthaltsgenehmigung entfällt.
Drum müssen wir das Land verlassen.

Der Löwe Leo nickt. Er kennt die Lage.
Der Staat muss sparen, und so streicht er, wo
der Widerstand am schwächsten ist:
bei der Kultur, Forschung und Lehre, im Sozialen.

Das ist sehr traurig, sagt Leo Löwe,
sowohl für Sie wie auch für mich.
Ich hatte mich an Sie gewöhnt.
Wo geht es hin? Australien, diesmal,
ein weiterer Versuch, vielleicht
dort Fuss zu fassen, irgendwo.

XXIV

Leo Löwe ist durch die Erfahrung mit den Trampeltiers
und mit seinen Nachbarn nachdenklich geworden.
Die Trampeltiere haben sich getrennt. Er denkt:
Frau Trampeltier kann ich im Nachhinein verstehen.
Ich hielte es auch nicht aus mit ihrem Mann.
Dazu, natürlich, muss er herzlich lachen,
aus manchem Grund, den man sich denken kann.
Herr Trampeltier, der ist aus anderem Holz
als Leo Löwes sanfter Nachbar, der ist fremd hier.
Herr Trampeltier, der hat sich durchgesetzt.
Zwar mag der Löwe Leo nicht, was er so schwätzt,
doch der Erfolg in diesem Falle gibt ihm recht.
Damit, sagt Leo Löwe, ist der Fall für mich geschlossen.

Leo Löwe und die Kunst

I

Leo Löwe spielt Klavier,
das wissen wir.
Nicht sehr gut,
was nichts zur Sache tut,
doch mit Vergnügen.
Zugegeben, mit zwei Pranken
das Klavier zu bändigen,
ist für sich bereits ein Akrobatenstück.
Leo Löwe hat es dem Gehör zu danken
und der Nachsicht seiner Hörer. Er hat Glück,
mit den Nachbarn, die sind zivilisiert.
Sie beklagen nicht die unablässigen Versuche,
hinzuschmettern die Passagen fehlerfrei.
Das Klavier will nämlich meistens anders,
als der Löwe Leo es sich vorstellt.

Die Musik ist eine von den Künsten,
die der Löwe Leo pflegt, doch sie aktiv.
Ausserdem besucht er regelmässig,
wenn es nicht zu teuer wird, das Konzert im
kleinen Saal in der neuen Philharmonie,
häufig auch in der Musikhochschule.
Es bereitet ihm Vergnügen,
wenn die jungen Leute mit Engagement,
zeigen, was sie bereits können.
Leo Löwe nickt: Beachtliches, Beachtliches.
Sie versprechen,
exzellente Musiker zu werden.
Werden? Nein, sie sind es schon.
Dazu klatscht der Löwe mächtig Beifall.

II

Kürzlich hat
Leo Löwe eine Vernissage besucht.
Der grosse Meister
war persönlich anwesend und gab
eine kurze Einleitung zu seiner Wahl der Bilder.
Danach wandert Leo Löwe durch die Räume,
eingebettet in die Menge Spektatoren,
Visitoren, Kritikaster, Journalisten.
Alle reden durcheinander,
kaum dass man ein Wort versteht.
Jeder fühlt zum Kommentieren
sich berufen, Kritisieren, Schwadronieren.
Das da sei doch sehr gelungen,
wenn bloss nicht der Strich dort wäre,
der die Harmonie zerstöre.
Gar die grelle Farbe,
passe nicht zur Stimmung.
Leo Löwe schweigt, versucht,
nichts von alledem zu hören,
sich um keine Meinung scheren.
Still geht er von Bild zu Bild,
lässt die Farben und Strukturen
auf sich wirken, wie sie sind.
Später als sich alle Besserwisser,
Besserkönner, Kunstgeniesser
um das reiche Buffet drängen,
steht der Maler unbeachtet abseits.
Löwe Leo nimmt sich seinen Mantel.
Wirklich wunderbar, beeindruckend,
sagt zum Abschied er. Drückt dem Maler
freundschaftlich die Hand und geht,
lässt die Bilder unterwegs Revue passieren.

III

Der Löwe Leo hat bei Kant gelesen,
Dichtung, Literatur, das sei die höchste aller Künste.
Danach kämen Skulptur, Architektur und Malerei,
auch Bühnenkunst und alle Art Theater. Schliesslich
das Schlusslicht sei Musik, denn ihr entziehen,
könne man sich erstens nicht, sie dränge sich auf,
selbst wenn man nichts zu hören wünschte,
und zweitens denke man sich gar nichts bei der Melodie.

Den guten Kant haben in Königsberg
die lauten Nachtgesänge der Studenten
wohl ungemein genervt, denkt Leo Löwe.
Welch lustiges Bild, Herrn Kant sich vorzustellen,
wie er, die Zipfelmütze über die Ohren gezogen,
nach Mitternacht das Fenster öffnet und
erfolglos den Studenten Einhalt bietet.

Die Kunst soll viel zu denken geben, das
hat Kant von ihr verlangt. Er war damit im Recht.
An dieser Forderung muss Kunst gemessen werden.
Doch Halt! Auf welche Gattung trifft das Diktum zu?

Der Löwe Leo schüttelt wieder seine Mähne.
Wenn ich es recht bedenke, sagt er, hat Herr Kant
durchaus in diesem einen seltenen Punkte Unrecht.
Für mich, den Löwen Leo, kehrt die Reihenfolge
in zyklischer Vertauschung um. Doch ein Vergleich
der Künste miteinander ist nicht angebracht.
Jede für sich ist ihr eigenes Universum.

IV

Warum, fragt sich Leo Löwe, suchen die Philosophen,
erfolglos zumal, einen tieferen Sinn in der Kunst?
Sich zu erfreuen an ihren Werken, wäre genug.

Sie wollen, denkt er, die Kunst vereinnahmen.
Der Kunst ist das egal. Sie tut, was ihr gefällt
und hört nicht auf den Rat der Philosophen.
Der klingt erhaben, kompliziert, gestelzt.
Auf Kant folgt Hegel, der die Welt,
als Geist beschreibt, sich selbst erziehend,
bis er Künstler wird und umgekehrt
die Kunst zu dem, was ihr der Geist befiehlt.
Womit die Kunst am Ende ist, laut Hegel.
Es bleibt der Geist: Herr Hegel selbst.
Der Kunst tut das nicht Schaden, keineswegs.
Hegels Prognose hat sie nicht geschert.
Unbeirrt davon hat sie weitergemacht,
ganz wie es sich für echte Kunst gehört,
hat Wege beschritten, die dem allwissenden Geist
und Herrn Hegel nicht im Traum eingefallen wären.
Die Welt als Wille, ewige Wiedergeburt,
die Kunst als Phänomen (als wäre sie das nicht
seit eh und je gewesen), Kunst als Erfahrung,
und ein Dutzend andere Alse hat sie ignoriert.
Bis schliesslich man zur letzten tiefen Einsicht schritt:
Wenn Künstler es behaupten, dann sei alles Kunst.
Das war das Ende der Philosophie, ihr QED.

Der Löwe Leo meint bescheiden, doch ironisch,
er mache sich damit zum Flegel, philosophisch.

Leo Löwe und die Politik

I

Politik hat Leo Löwe eigentlich noch niemals
interessiert, zumindest gründlich nicht.
Weder ist er Mitglied einer der Parteien,
noch vertritt er eine Ideologie. Was das tägliche
Geschehen angeht, ist er aus der Tageszeitung,
oberflächlich informiert. Denn die überfliegt er
morgens vor dem Frühstück auf die Schnelle.

Schon in aller Frühe wirft der Zeitungsbote
sie um vier dem Löwen auf die Schwelle.
Schliesslich soll der Löwe wissen, was und wo
in der Welt an Wichtigem geschieht.
Und passieren tut an jedem Tage etwas.
Das zu sehen, reicht bereits das Lesen aller
fett gedruckten Überschriften aus.

Auch der Leitartikel ist zuweilen aufschlussreich,
wenngleich selten und mit Vorsicht zu geniessen,
denn die Presse ist durchaus nicht unparteiisch,
wie sie gerne und beständig vorgibt, keineswegs.
Sie vertritt die, was geflissentlich verschwiegen wird,
Machtinteressen der privaten Presseeigner.

Leitartikel, je nach Zeitung links am Rande
oder aufgemacht gross auf der ersten Seite,
sind gedacht als erste Meinungsmacher,
nicht profunde Kommentare, sondern wie der
Chefredateur Leitartikler das Geschehen aus der
Zeitungsperspektive schmackhaft aufbereitet.

Diesen Text muss man gelesen haben, doch vertrauen ihm, ist Selbstbetrug und daher dumm.
Löwe weiss, dagegen gibt es keine andre Medizin
als eignes Denken, kritisch sein und logisch.

Was an Nachrichten geschönt, verschwiegen
oder zur Unkenntlichkeit verbogen wurde
zu erkennen, ist nicht leicht. Verstand
gehört dazu und Kenntnis und Vergleich mit
andrer Meinung. Zeitungen, so sagt der Löwe,

bleiben trotzdem und auch heute noch die
besten Medien, denn sie dienen nicht wie
Film, wie Facebook, Fernsehen einzig und allein der
Unterhaltung, auf das Optische fixiert,
nicht auf das Ohr, das Wort, den Text.

Online Blätter leben von den Anklickquoten
und der Werbung. Auf sie nimmt die Lobby
Einfluss, weil auf diesem leicht begangenen Wege
Meinung rasch manipuliert und gleichgerichtet,
Menschenmassen gleichgeschaltet werden.

Drum, will er sich informieren, nimmt der Löwe Leo
ein Journal zur Hand und schlägt es auf.
Doch als allerserstes sagt er sich: Sei vorsichtig!
Sei misstrauisch! Vergleiche das, was dort geschrieben
wird mit dem, was du schon weisst und kennst.

Dann entscheide, ob du ihnen glaubst und
ihre Meinung teilen willst. Nicht von Anfang an.
Zu oft schon sind in der Geschichte wir Verdrehungen,
sind Falschem aufgesessen, dessen Folgen wir
noch Jahre später spüren, auszubaden haben.

Darum heisst die Regel, wenn von allen Seiten
du bedrängt wirst mit der angeblichen Wahrheit:
Vorsicht! Wahrheit nämlich gibt es nicht.
Wahr ist, was die Macht für wahr erklärt.

II

Allmählich hat der Löwe Leo gelernt,
dass niemand sich, so gerne er auch wollte,
der Politik entziehen kann.
Sie greift in alle Lebensbereiche ein,
zuweilen merklich, schlimmer wenn unmerklich.

Darum, sagt der Löwe Leo, darf man Politik
nicht unbedacht den Berufspolitikern und Funktionären
überlassen. Jeder Bürger sollte sich, soweit es seine Zeit
erlaubt, informieren über das Geschehen in der Welt,
in seinem Lande, und die Handlungen
der Politiker beständig prüfen, ob dem
Wohle der Gesellschaft sie Genüge tun.

Ein Beruf ist, sagt das Wort, wozu man sich berufen
fühlt. Alle Funktionäre sagen das von sich:
dem Wohle der Gesellschaft dienten sie.
Doch ein Beruf hat ausserdem auch andre Zwecke:
Geldverdienen, Sicherheit, Familienleben, Eigentum.
Und diese Zwecke stehen stets im Vordergrund
und mischen sich mit Ehrgeiz, Ansehen, Publizität.

Drum ist, denkt Leo Löwe, Vorsicht angesagt
und kein Vertrauen ohne strenge Prüfung.

III

Der Löwe Leo hat sich ausbedungen,
dass man ihn in Ruhe lässt.
In erster Linie gilt das für die Zeitungen,
und dann noch für den ganzen Rest.

Er hat Den Spiegel abbestellt
Und auch Die Welt,
Die Zeit und ja sogar die NZZ.
Seither, so scheint es, geht er
uninformiert zu Bett.

Was aber nicht in dieser Weise stimmt,
denn andre Medien wie Reutters,
wo Objektivität den ersten Platz einnimmt,
die konsultiert der Löwe Leo weiter ohne weiters.

Leo Löwe ist demnach wohl bestens informiert,
was er liest, was er erfährt,
ist von niemandem kommentiert.
Den Kommentar darf er sich selber denken.
Die Zeitungskommentare dahingegen, die tut er sich
mit einem Achselzucken schenken.

Kommentatoren betreiben ausgefuchstes Bauernlegen,
dafür gedacht, gedankenlose Leute leicht zu lenken.
Darüber will der Löwe Leo sich nicht unnötig erregen.

IV

Der Löwe Leo wählt die Demokraten,
Christen, Freie, Sozialisten.
Niemals wählt er Extremisten,
Fundmentalisten, Anarchisten
Bürokraten, Kleptokraten,
sieht sich vor vor Technokraten.

Zwar sind auch die Demokraten
häufig nicht sehr gut beraten,
zanken sich um Kleinigkeiten,
über die sie sich verbreiten,

machen sich mit vielem wichtig,
was im Grunde gänzlich nichtig,
halten sich für neunmalklug,
kompetent und in Bezug

auf ihr Urteil für unfehlbar,
zuverlässig angeblich.
Bei den Wahlen sind sie wählbar.
Doch sie sind nicht unbestechlich.

Lange sucht man nach den wirklich echten,
denn die Angeber, ja kurz: die schlechten
drängen sich im Vordergrund,
reden fusselig sich den Mund,

wollen nichts als Eindruck schinden
und benehmen sich zum Winden,
wenn es nicht zum Heulen wäre.

Alle lechzen sie nach der Macht,
nach Salär, Regieren, Ansehen, Ehre.
Das hat den Löwen Leo gegen sie aufgebracht.
Immerhin, wenigstens achten sie das Gesetz,
das der Extremist mit Vorbedacht verletzt.

Darum wählt der Löwe Leo die Demokraten,
wie sie sich auch sonst benehmen
(und der Löwe muss sich häufig für sie schämen),
weil sie stets das Recht auf Abstimmung vertraten.

V

Der Löwe Leo ist konservativ,
will die wahren Werte wahren,
doch die Welt versteht ihn schief
und tut mit Kritik nicht sparen.

Alle glauben, Leo Löwe will
sich dem Fortschritt widersetzen,
dabei weigert er sich still
nur, die Formen zu verletzen.

Was sich längst bewährt hat, kann
man nicht einfach ausradieren.
Was an seine Stelle kommt,
muss zuerst man ausprobieren,

ob es besser als das alte
funktioniert, sonst lässt man's lieber bleiben.
Wer sich nicht dran hält, merkt balde,
wie gefährlich es ist, zu übertreiben.

Von den großen Umwälzungen
ist nur die wirklich gelungen,
welche die guten alte Werte
nicht in schlechte neue verkehrte.

VI

Löwe Leo liest ein Buch vom Krieg,
greift sich unablässig an den Kopf,
wischt mit einem Handtuch sich
ständig vom Gesicht den Schweiss.

Einer schwafelt da vom Sieg,
von den Feinden, den Verlusten,
von dem Recht auf fremden Boden,
von Gerechtigkeit im Krieg.
Das ist nichts als wahrer Scheiss.

Löwe Leo liest die Strategien,
liest die Tricks und all die Finten,
um den Feind zu überfallen,
zu bestrafen, zu vernichten.

Panzerschlacht im Kursker Bogen,
halbe Million Rotarmisten.
Manstein in die Faust gelacht.
Alle platt gemacht.

Nach dem Buch kann er nicht schlafen,
wälzt sich ruhelos im Bett.
Krieg ist lästig wie ein Kropf.
Die da schwärmen von den Schlachten,
denen sollten wir eins husten.

VII

Der Löwe Leo sagt mit feiner Ironie
und mit Lächeln zu dem Präsidenten:
Ich betrachte Sie trotzdem mit Sympathie,
weil auch ich bin Jäger, und wie Sie
schiesse auch ich zuweilen Enten.

VIII

Der Löwe Leo ist kein Atheist.
Wollte man ihn als solchen bezeichnen,
würde er keinesfalls Obrigkeitshörigkeit heucheln,
sondern ganz einfach fragen: Wissen Sie denn
überhaupt, was das ist,
ein Atheist?
Dann erklären Sie es mir, bitte.

So eine Frage bringt die Leute aus der Fassung.
Sie haben normalerweise keine Veranlassung,
Rechenschaft zu geben, über das,
was sie denken über Dritte.
Ein Atheist? Das ist eben ein Gottloser, oder?

So, fragt der Löwe, und gottlos, was ist das wohl?
So ohne den Glauben an Maria und Jesus,
Engel, Heilige und so.

O je, sagt der Löwe, das ist glatter Kohl!
Sie meinen einfach, ich sei kein Christ,
womit Sie wahrscheinlich Recht haben,
weil dem so ist.

Übrigens sind sie auch keiner.
Ihr Glaube ist abgestandener Modder.

Sie lieben Ihre Feinde nicht,
sehe ich doch richtig so, oder etwa nicht?
Hauen gern selbst noch einen drauf,
nicht persönlich, klar,
wäre für Sie auch zu gefährlich, nicht wahr?
Aber mit Worten, da tun Sie nicht sparen.
Ausländer raus, schwarze Schafe,
und das schon seit Jahren!

Sie sind mir ein schöner Christ.
Auch wenn es Sie stört,
Wissen Sie, wohin Ihr ganzer Glaube gehört?
Nein? Nun, dann rede ich mit Ihnen Fraktur:
Auf den Mist.

IX

Der Löwe Leo hat die halbe Nacht
wach gelegen zugebracht.
Dabei hat er nachgedacht.

Vieles gibt es, das ihn stört.
Vieles findet er verkehrt,
manches sogar unerhört.

Gerne täte er protestieren,
doch will er nicht den Job verlieren,
drum kriecht er weiterhin auf allen Vieren.

X

Der Löwe Leo weiss: die großen Räuber
lauern nicht an Strassenränder
oder in den dichten Wäldern.
Diese gruseligen Märchen
stammen noch aus alten Zeiten,
aus dem tiefen Mittelalter.

Nein, die großen Räuber sitzen
heute still auf ihren Stühlen
in den hohen Chefetagen,
wo sie in Papieren wühlen
oder vor Computerscreenen
mit geübten Fingertippen
Dinge hin und her verschieben.

XI

Leo Löwe wiederholt es für sich selbst:
Ich bin kein Atheist, ich bin kein Atheist,
weil niemand weiss, was das ist.
Gibt es Gott, dann ist der Atheist ein Ignorant,
gibt es Ihn nicht, dann leugnet er,
was es nicht gibt und widerspricht sich selbst.

Was also bin ich dann? Ein Realist.
Der Löwe Leo nickt. Weil ich vertraue
den Naturgesetzen. Sie haben sich bewährt
bereits in drei Jahrhunderten.
Und wo sie nicht mehr passen,
verbessern wir sie ohne Unterlass.

Sie sind das einzige, dem ich vertrauen kann,
ein Formelkasten voll bewährter Instrumente,
Mathematik und Logik und Experiment.

Da kann mir kommen irgendeiner
der um Vertrauen heischt und nichts beweist.
Wie eine lästige Fliege
werde ich ihn verscheuchen.

XII

Vertrauen heischen sie, wenn wir sie wählen sollen,
versprechen dies und das und dazu lachen sie,
was sie so Lachen nennen, Mundwinkel hoch und
ihre Zähne blecken. Sie lachen immer, so als gäbe es
nichts Ernstes mehr seit einigen Jahzehnten.
Den Ernst der Lage schwemmt Gelächter weg.
Dafür verlangen sie Vertrauen
in ihre Fähigkeiten, in ihr Können.
Sie schätzen jede Lage realistisch ein, behaupten sie,
und wir vergessen rasch, wo es nicht stimmte.
Gedächtnis hat das Volk der Wähler nicht
und lässt darum sich übertölpen leicht.
Vor allem, wenn sie mit TV-Shows kommen,
die Ironie sein sollen, doch Verunglimpfungen sind.
Nicht selten weit unter der Gürtellinie.
Der Löwe Leo weiss hier kein Rezept,
er appelliert an die Vernunft der Leute.
Die brauchte es in der Vergangenheit,
wo sie versagte. Und es braucht sie heute.

XIII

Der Löwe Leo hat sich Freunde eingeladen,
und er hat etwas Leckeres für sie gekocht.
Das haben mit Vegnügen sie in sich hineinmampft,
mit den Bestecks geklappert, ihre Gläser angehoben,
sich zugeprostet. Danach ihre Teller ausgewischt
mit einem Stück Baguette.
Der Löwe Leo ist soweit zufrieden.

Er hat sich ans Klavier gesetzt, Musik gemacht,
nicht anspruchsvoll, als Hintergrundmusik
zur Unterhaltung und zur Selbstentfaltung
die kleinen Stücke von Claude Debussy.
Das plätschert vor sich hin und strengt nicht an.
Erst wenn man es genauer hören will,
dann braucht es Stille und Konzentration.

So ging es eine Weile gut. Der Löwe Leo spielte,
die Gäste sprachen, machten Witze, lachten.
Doch plötzlich fiel ein ganz bestimmtes Wort,
der Name eines Kadidaten für die Wahl,
und alle fingen an zu streiten.

Die Argumente für und gegen flogen hin und her.
Die Stimmen wurden laut, sie überschlugen sich.
Man schrie, beschimpfte sich, schlug auf den Tisch.
Der Löwe Leo spielte schneller, lauter
und hörte plötzlich damit auf.

Ohne Musik ist das Geschrei nicht zu ertragen.
Es läuft Gefahr, in Tätlichkeiten auszuarten.

Der Löwe Leo tritt dicht an den Tisch heran.
Es tut mir leid, sagt er und zeigt die Zähne,
zaust mit der Pranke seine dichte Mähne,
ich muss mich noch auf morgen vorbereiten.
Morgen habe ich einen strengen Tag,
so dass den Abend ich nicht opfern mag.
Drum werde ich euch jetzt hinausbegleiten.
Ihr könnt euch draussen
auf der Strasse weiter streiten.

Als sie alle gegangen sind,
räumt Leo Löwe das Geschirr vom Tisch.
Schlimm, denkt er, wie es steht um die Politik,
schlimm wenn es geht um die Politik.
Dann prallen sofort die Meinungen aufeinander.
Das führt unweigerlich zum Krieg.
Die einen heizen den Streit an,
die andern halten dagegen.
Auf diese Weise
lässt sich kein gesitteter Umgang
mit den Leuten pflegen.

Politik, abgeleitet vom griechischen Polis, der Stadt,
was die Bedeutung von höflichem
städtischen Umgang miteinander hat.
Wo der auf höchster Ebene fehlt,
Politiker sich gegenseitig denunzieren,
die Zeitungen allen Anstand verlieren,
ist er von niemandem zu erwarten.

Ich habe, denkt der Löwe Leo,
mich hoffentlich politisch korrekt verhalten.

Nachwort

I

Lyrik gehört heute längst nicht mehr zur bevorzugten Lektüre. Sie geniesst kein Ansehen. Kaum ein Verlag druckt sie noch. Dichter, will man Lyriker mit dieser aus einer früheren, nicht unbedingt erfreulichen, mit nostalgischen Gefühlen zu erinnernden Zeit stammenden Bezeichnung belegen, galten zumindest seit den beiden letzten Jahrhunderten, als nicht ganz normal, ein bisschen verrückt, hinaus aus der Welt. Im populären Bild der Jetztzeit sind sie so etwas wie Witzfiguren. Keine solchen, wie wir sie in den Comics vorfinden, Figuren also, die unwirklich sind und uns mit ihren Albernheiten, ihrem Aussehen bereits zum Lachen bringen sollen. Asterix oder Micky Mouse. Ganz gewiss nicht. Nein, sie sind eher traurige Witzfiguren, verwandt Don Quichotte mit seiner Rosinante oder auch den harmlosen, etwas verrückten Stadtstreichern, die den Leuten mit verrauchten Stimmen etwas Komisches nachrufen, vom Sozialamt ausgehalten und nicht in die Klappsmühle gesteckt werden, sondern frei herumlaufen dürfen. Man lacht nicht über sie, man belächelt sie mit ein wenig misstrauischem Seitenblick. Wie kommt auch irgendeiner, in dieser nüchternen Zeit, noch darauf, sich mit einem Gedicht abzuplagen, wo es kaum noch jemanden gibt, der Gedichte liest, ausgenommen Literaten und Kritiker, die von Berufs wegen dazu verpflichtet sind. Letztere ringen sich Bemerkungen ab, verstehende angeblich, meist abfällige, wenn lobende, dann dem betreffenden Dichter eher peinliche Hymnen, die da auf ihn gesungen, anachronistische Blumenkörbe die über ihn ausgeschüttet werden, während er hinter dem Rücken hämisch belacht wird wie weiland Paul Celan während und nach der Lesung seiner *Todesfuge* vor der Gruppe 47, jener Versammlung teilverrohter literaturbeflissener Wehrmachtssoldaten, die ihre Ideale wiedererwecken oder auch beibehalten wollten, je nach Weltanschauung, sämtlich ehrenwerte Literaten und in der Mehrzahl längst vergessen. Da alle unsere Verhaltensweisen auf Geldmachen ausgerichtet sind, ist Dichten, Lyrik die heute real besehen wahrscheinlich brotloseste intellektuelle Beschäftigung, die sich denken lässt. Jede andere Tätigkeit ist einträglicher, selbst die Abfallentsorgung, das Monopol einer bestimmten Bevölkerungsgruppe, oder Putzkommandos, eine andere gleichfalls monopolisierte Berufskategorie. Für die Ausübung beider bedarf es keiner besonderen sprachlichen, gar geistigen Fähigkeiten. Ganz zu schweigen von Beschäftigungen in der höheren Gesellschaft, wo sich die Einnahmen, auch Boni genannt, im fünf bis sechsstelligen Bereich bewegen. Dichter werden für das, was sie hochtrabend ihre Arbeit nennen, die von aussen besehen als Spleen gilt, so schlecht honoriert, dass sich nicht einmal Brodskys Ironie witzig ausnimmt, der meinte, sie zahlten meist selbst drauf, und das zuweilen entsetzlich. Womit nicht die Druckkosten gemeint waren, sondern der Spott, die Missachtung, die ihnen heimgezahlte, offenbar zustehende Verachtung.

II

Das im Grunde unzutreffende Wort Dichten gehört als Abdichten eher zum Vokabular der Klempner, ohne diesen ungemein nützlichen praktischen Berufszweig, der um Grössenordnungen nützlicher ist als jedes Gedicht und alle Dichtung insgesamt, in irgendeiner Weise herabsetzen zu wollen. Dichtung ist nicht nur unpraktisch, sie ist unnütz. Ihrem Anspruch nach soll Dichtung Gedachtes, denn um anderes handelt es sich nicht, in wenige aussagekräftige, in Verse gegossene Worte verdichten, komprimieren, was soviel heisst wie, auf den Punkt bringen. Dichten soll eine Aussage auf ihr Wesentliches verkürzen, markant verkürzen. Das ist ihr vermeintlich hoher Anspruch. Traditionell wäre das, was heute die Computersprache *Compression* oder *Zip* nennt. Gegen solche automatischen Kompressionsprogramme kann Dichten nicht bestehen. Es ist altertümlich, anachronistisch, nur noch nostalgisch zu rechtfertigen. Dass Zip nur formal komprimiert, nichts unter den Tisch fallen lässt, alles mitnimmt, das Wichtige und das Belanglose gleichermassen, nur die Leerstellen streicht, Wiederholungen durch ein einziges Zeichen ersetzt und ähnliches, rechtfertigt Dichtung nicht. Denn für jede Aufarbeitung, etwa die historische Forschung, ist möglichste Vollständigkeit essentiell. Dichtung dagegen, streicht ersatzlos, vor allem willkürlich alles ihr überflüssig Erscheinende. Nur die vermeintlich wesentliche Aussage bleibt erhalten. Dementprechend wird die Rekonstruktion des Originaltexts verunmöglicht. Das öffnet der willkürlichen, oder wie sie selbst von sich sagt, schöpferischen Interpretation jeder Sorte Tür und Tor. In der Urzeit, wo es nicht auf Genauigkeit, sondern auf Gefahrenerkennung ankam, machte das dichterische Verkürzen durchaus Sinn. Es gab nichts Geschriebenes, das zu beliebiger Zeit hätte nachgelesen werden können. So blieb es, solange die Bevölkerung bis hinauf in die höchsten Kreise des Lesen unkundig war, aus Analphabeten bestand. Das Wichtige, die Information, wurde in wenigen markanten, eingängigen Versen berichtet. Sie liessen sich memorieren und repetieren. Rhythmus und Reim sorgten dafür. In den Anfängen der Zivilisation war das überlebenswichtig. Darum Homer, Vergil,

Seneca. Ja, unter anderen Vorzeichen auch noch Dante, Petrarca, Shakespeare, jeder für sich, jeder auf seine ureigenste Art. Weil sie allmählich ihren Überlebenssinn verlor, gewann Lyrik später Eigenleben wie alles Etablierte, das sich nicht ohne Einschnitte abschaffen lässt, sich auf Selbsterhaltung verlegt, die es dort sucht, wo es unzugänglich, seine Korrektur unmöglich wird. Bei der Dichtung ging die Kompression über in komprimierte Vernebelung. Was ursprünglich möglichst genau übermittelt werden sollte, verschob sich mit dem obsolet gewordenen Bedarf an Übermittlung ins Subtile und Sublimierte. Genauigkeit ging aus Dichtung und Rhetorik an die Wissenschaft über, und so wich Dichtung, dem Selbsterhaltungstrieb gehorchend, aus in den begrifflich ungreifbaren, unangreifbaren, erhabenen Ausdruck nebulöser Darstellung von Emotion. Der Dichter, früher Bewahrer von Wissen, Weisheit, Historie, daher unverzichtbar, bewundert, geehrt, in der Antike in direktem Kontakt zu den Götter gestellt, berief sich auf Berufung. Dichtung wurde Beruf. Gleichzeitig verlor sie ihre lebenswichtige Funktion. Sie rutschte ab vom primären Informationsträger ins Individuelle, Private, Psychologisierende. Der Verlust des Lebensnotwendigen geriet ihr notwendig zum Gewinn des Gefühlsbeladenen. Die Romantik war darin Meister und gleichzeitig, je nach Geschmack anregend oder peinlich. Was folgte, bis in die Jetztzeit mit wenigen, an den Fingern abzählbaren Ausnahmen, war lyrisches Selbstgefallen, verschwommene Artikulation von Sentiment. Sie pervertierte zuweilen einerseits zu zielgerichteter politischer Agitation, andrerseits einträglicher populärer Unterhaltung, ja auch *Advertisement.* Die beiden letzteren sind formal ästhetisch nicht zum Untauglichsten zu rechnen. Die Gefühlsduselei alles übrigen darf man getrost zu den Akten legen; sie ist wertlos, auch wenn sie manchem die ersehnten Bauchgefühle beschert, die er sonst im Tagesablauf vermisst. Dahin gehört so gut wie alle Liebeslyrik; sie ist zutiefst anachronistisch in einer Zeit, in der Liebe ihre romantische Note, die sie – vielleicht, soll man den individuellen Zeugnissen Glauben schenken, einmal besass, was nach heutigen Erkenntnissen über die Rolle der gesellschaftlichen Randbedingungen anzuzweifeln wäre – längst an den Sex abgegeben, nostalgisch ausgedrückt verloren hat. Daran gibt es keinen Zweifel. Die merkantile Gesellschaft hat auch die ehemals als echt empfundenen, behaupteten Emotionen in Ware transformiert. Dort verkaufen sie sich bestens und ohne Effekt. Der Jammer darüber ist fehl am Platz, denn dass es ein Verlust sein soll, die Transformation eine Degradierung, das ist nun einmal unbewiesen.

III

Heute gibt es nichts mehr zu verdichten. Nicht sprachlich. Nur noch für die, welche unter Verdichten ihrer Sehnsucht nach Vernebelung, Mystik, nachhängen und Raum geben. Sprachliche Verdichtung findet sich in den wegen ihrem technischen Vokabular schwer verständlichen naturwissenschaftlichen Abhandlungen. Ihre populäre Aufarbeitung leidet grundsätzlich unter unerträglicher, langweiliger Unprofessionalität, die den Wunsch nach Vergnügen, nach Lust nicht befriedigt, gar vergewaltig. Was bleibt, ist Abscheu, Widerwille, schliesslich Ablehnung, die ins Gegenteil umschlägt, die Sehnsucht nach Nebulösem weckt als Gegensatz zur sachlichen Klarheit. Diese wird dann in Dichtung gesucht; und da Dichtung abhebt, ihr ebenfalls nicht gerecht wird, rutscht sie ab ins Seichte, in Unterhaltung, Fantasy, Mystery. Wir sollten ehrlich sein gegen uns selbst und gegenüber den Dingen. Der Dichter als Ansprechpartner für Sehnsucht ist fehl am Platz, und Dichtung, Lyrik ist es gleichfalls. Wer denn liest sie noch? Die Wirklichkeit der Leser, des Publikums, bringt uns auf den Boden der Realität zurück. Nicht nur lässt sich von Dichtung nicht leben, sie ist kaum absetzbar, kaum verkäuflich. Punkt. Ein paar Zurückgebliebene lesen Lyrik, wie gesagt, oder die es, wie gleichfalls gesagt, von Berufs wegen tun müssen, um ihre Existenz, ihren Job zu rechtfertigen. Heraus kommt bei alledem nichts. Lyrik ist wirkungslos. Schon seit nunmehr einem Jahrhundert oder länger. Mindestens aber seit dem WK II.

IV

Warum dann Löwenlieder? Ja, das ist, wie der Realist sagen würde, eine gute Frage, auf die es keine Antwort gibt. Dichter sind eben verrückt. Auch wenn Dichtung überflüssig ist, so findet sich doch immer wieder einer, der in Lyrik herumstochert, daran herumbastelt und, wie er vielleicht glaubt, verdichtete Gedanken zu Papier, heute zu Computer bringt. Darum eben Löwenlieder, Verse, zumeist ungereimte oder, wie einer sagte, "unfrisierte" Gedanken, was dasselbe ist. Ungereimtheiten eben. In der Lyrik allerdings sind die Gedanken frisiert. Wie elegant, modisch, hängt von den ästhetischen Fähigkeiten des Coiffeurs ab, davon, ob und wie ihm der ästhetische Schwung gelingt. Einiges grenzt ans Lustige, andres ans Beschauliche, wieder anderes ans Kritische oder ans Informative. Vielleicht findet jemand sein begrenztes, bescheidenes Vergnügen daran, greift dafür seltener auf Mystery, Fantasy, leere Unterhaltung zurück, was zweifellos ein Erfolg wäre; der Spass hätte sich gelohnt. Mit Immanuel Kant zu reden, würde – wenigstens – etwas, ein wenig mehr gedacht werden.

Inhalt